U0070133

我們班有個丁大元

林加春 著

目次

5

我一首的唱歌，我突然發現，那聲音和丁大元的嗓門有點兒像，尤其是八哥「阿——阿——」叫時，我還以為大元躲在座位下。隨即想到，丁大元請假了，這一陣子他都沒來上學。

眼睛瞥過他空著的座位時，看見高志中在畫圖，頭枕著書包背對走廊，用左手畫，導護老師和糾察隊來巡視過都沒發現。

高志中喜歡塗鴉，課本和聯絡簿都有可愛的插圖，我們最愛趁收本子時「參觀」他的作品。因為很會畫圖，常參加寫生比賽或海報製作，每當看不到他，大家就笑：「搞失蹤」又去搶獎牌了！

看高志中畫得專心，八成是在紀念冊上玩花樣，我好奇走過去。喔，是畫丁大元！大大臉部是細膩的素描表現，拳打腳踢的肢體動作卻是漫畫手法。很生動傳神，有趣，也很特別。

高志中繼續畫：黑襪子一邊高一邊低，半邊衣襟塞在短褲裡，半邊遮住褲子，皮帶搭落在褲眼外，衣領半豎翻著。哎，真的，大元就是這麼一身邋遢，服裝不整。

「你們在看什麼？」一隻手搭在我肩上，聲音輕柔的問。

我嚇一跳，糟糕，居然沒察覺老師走進教室。

收走高志中的圖，老師要我回座位。「睡覺吧。」推推

我，拍拍高志中，老師走向辦公桌批閱聯絡簿。

知道老師沒有責備的意思，我趴在桌上安心睡。等聽到同學說笑聲音驚醒時，正好上課鐘響起，坐我旁邊的簡仁偉從講台跑來座位，滿臉笑。

「喂，江屏，你看，畫得好像喔。」他指著黑板。

啊，老師把高志中那張畫展示在黑板上了。

「畫得很好。」站上講台再欣賞一下圖畫，老師微笑，簡單做了評語。

正當她準備上課，賴志陶突然冒出一句：「這不是失蹤人口的尋人畫像嗎？」哈，全班哄堂大笑，蔡若男迅速回應

他：「丁大元又不是『搞失蹤』！」一語雙關，同學笑倒了，畫圖的高志中很尷尬。

老師啼笑皆非，等大家笑聲稍停後，才端正臉色慢慢開口：「丁大元只是請幾天假，別亂說話。」

老師說：丁爸爸丁媽媽帶他去台北住幾天，接受醫師檢查，順便適應台北的生活環境。

嗯，是了，大元的眼睛和牙齒都需要治療，而且，聽說他要讀北部的國中。

「你們畢業後，大家都散了，將來還能記起來的，恐怕只有丁大元這個同學，他將會是我們共同的回憶……」老師意味深長的說

我想，被老師教畢業的學生那麼多，丁大元肯定是她最難忘的一個。

你是誰

兩年前她剛接我們班，開學那天，全校在操場升旗，然後由校長一一介紹各班導師。我們的級任換成這位陳老師，瘦瘦高高的，腳步輕快。她走到我們的隊伍前面，用親切微笑和明亮眼神迎接同學好奇的注視。

這種時候，大元居然跑出隊伍，過去問她：「你是誰？你是什麼人？」連問了四、五遍。

老師有點意外。「我是老師。」她很溫和的說，回答完後要求大元回隊伍站好。

「我不要排隊。」大元轉過頭大聲的說：「我不要排隊。」突然，他繞著全班隊伍邊走邊喊：「我是老師，我是老師；我不要排隊，我不要排隊，我不要排隊……」

附近班級都在看大元，看陳老師，看我們。別班傳出笑聲，還有人說：「痟仔！」

老師瞪大了眼，被這個突發狀況窘得又急又氣，以為大元真的是個「神經病」！

排頭的李雅文跑過去，像大姊姊一樣把大元半哄半拖的帶回隊伍。

「大元，不可以亂跑。」「大元站好。」「現在不可以說話。」「大元來。」隊伍裡前後左右的同學半轉身、側過臉，牽他的手，壓低聲音安慰他，提醒他。

大元總算安靜下來了，我們繼續聽台上師長的訓話。至於陳老師呢？皺著眉頭正在翻她手上的學生資料。

說真的，丁大元送這種「見面禮」給老師，大家都不意外，早已經司空見慣，見怪不怪了。

我還記得升中年級的第一個開學日，大元同樣給新接級任的夏老師很大震撼。大元在隊伍裡跑來跑去，又哭又喊、不肯聽話，夏老師要去「抓」他，大元掙扎扭動還張口就咬，夏老師忙放手，卻被大元的腳絆到，差點跌跤。她驚叫

的聲音比大元哭喊聲更尖厲。

那一次，許多老師幫著哄，才把大元拉起來帶回辦公室。我回家講這件事，我媽在炒菜，心不在焉的聽完，隨口問我：「夏老師？誰呀？」

「就我們老師嘛。」

「你們老師夏什麼老師？」

「啊，夏……」老師的名字嗎？「我忘了。」

放下鍋鏟，我媽又問：「喔，你們老師為什麼要嚇那個老師？」

聽不懂媽媽問什麼，我只好再說一遍：「是大元嚇老師啦。」

「姓『大』的老師？我沒聽過這個姓！」媽媽碎碎念：「什麼時候學校來了這個大老師？」

直到菜炒好，我媽才弄清楚，新老師不姓「大」，姓「夏」；嚇老師的是丁大元；夏老師被丁大元嚇一跳！

搖搖頭，我媽很篤定：「她還會被嚇好幾跳……」

事後傳出，夏老師很洩氣，經常說有這種學生真難帶，連科任老師也附和夏老師：「心臟要夠強！」「壓力真大。」

奇怪了，都沒有人同情我們！

打從一年級新生入學起，班上每一個人都是被大元給「嚇大」的。

激烈，好像怪桌椅弄掉書包。我們都很奇怪，只要拿起來放好就行了呀，有什麼好哭好打的？但是大元一直怪叫，手腳猛力踢打出巨大聲響，卻就是不去把書包拿起來，因為他連彎腰撿起東西也「不會」！

當小朋友開始學會坐好上課，不隨便站起來後，大元依舊在座位間走來走去。「老師，他不乖。」「他都亂走！」這樣的告狀隨時聽得到，大元充耳不聞，對我們的伸手指點也視若無睹，但有時又會因為小朋友笑他、喊他就尖聲怪叫。

大元的爸媽每天輪流到學校，起先坐在他旁邊隨時安撫他，怕他哭鬧影響全班。遇到他突然跑出教室，就趕快追過去。最可怕的是，大元隨時會打人，有時用拳頭，有時用腳，經常有小朋友在寫字或專心聽課時，被他冷不防走過來打一下，痛得哇哇大哭。

郭明禮常跟大元打架，「是他先打我的！」氣呼呼捏拳頭，郭明禮是班上小胖子，嚷嚷叫叫不想被欺負。

「對不起，對不起。」丁爸爸或丁媽媽替大元道歉，打人的大元早晃到別處，又去惹別人啦。

「我也要叫我爸來教室！」楊小筠這樣說，很多人跟著講：「我要叫我媽來。」「我哥會來，會揍他。」「我姊姊很兇的，一定把他『恰』回去。」住在我家隔壁的胡玉真更是吵著要胡媽媽陪她上課。

三個老師

「你知道嗎？」周老師來找剛接我們級任的陳老師聊天：「入學不到一個月，全班家長就聯名抵制，要求丁大元轉班。」

「後來呢？」陳老師問。

「沒事啦，要不，你今天也不會教到大元了。」周老師笑。她是趁開學典禮後的下課時間來看大元，並且特地和陳

老師「聊聊」。但我們都知道，這是怕「大元嚇老師」的事件重演，可惜慢了一步！

「至少」，班長尚邦平背對老師小聲說：「可以穩定軍心嘛。」嗯，老氣橫秋卻挺貼切的。

「他老爸老媽才辛苦咧。」周老師大嗓門，說的話我們全聽得清清楚楚：「每天跟來上學，又是助教又是清潔工，班上什麼事都幫著做……」

一年級上學期時，丁媽媽跟在大元旁邊，丁爸爸就幫忙掃地、倒垃圾、排桌椅、灑水、發本子、收作業、擦黑板……什麼事都做。

遇到老師開會或有事離開教室，丁爸爸就守著我們，說

故事給我們聽。誰的桌子椅子壞了，丁爸爸拿榔槌釘子很快修理好。別班小朋友以為我們有三個老師，還跟丁爸爸丁媽媽鞠躬喊「老師好」。

下學期了，丁大元一樣鬧，丁爸爸丁媽媽也一樣跟著，幫我們做各種事。周老師勸阻過很多次，丁爸爸照做不誤，直到周老師板起臉，不客氣的說：「你都做好了，孩子們什麼時候才有機會學做這些事呢？」丁爸爸才像做錯事的學生，惶恐的連連點頭說：「好，好，我不做了，我不做了。」

周老師會這樣說，是因為一件事：大元認得全班小朋友的名字！

怎麼學到那麼多字

有一回，周老師試著讓大元發簿子，他居然看著封面名字，一本一本放到我們桌上，順利把一整落本子發完了。周老師擔心他胡亂放，問我們：「有沒有拿到別人本子的？」檢查之下，嘿，完全正確。

周老師又拿課外書上的字問大元，他幾乎都認得，而且字正腔圓，把三個大人都嚇一跳。丁爸爸丁媽媽半是欣慰半

是慚愧，要不是周老師讓大元發本子，他們都還當作兒子什麼也不會哩。

周老師拿這件事證明：大元腦筋智力沒問題，也可以學做點兒事，只不過大人沒給他機會去嘗試！

「要讓孩子做！練習才會進步！」周老師半數落半提醒，要他們別再替小朋友做清潔工作。丁爸爸因此「收斂」些，但還是大清早就到校，先把教室裡外整理一遍。

「這孩子是怎麼學到那麼多字的？」周老師好奇的詢問，丁爸爸丁媽媽也很困惑。大元在家只會吵鬧哭叫，沒好好說句話過，唯一能安靜的時候，除了睡覺便是看電視，他可以盯住螢幕，不聲不響的聽、看，「從電視字幕學認字

嗎？」做家長的難以置信，但再沒有其他可能了。

小一的課本內容短淺，字不多，筆畫也少，我們學到的國字很有限，聽到周老師大大稱讚丁大元的本事，同學對他另眼相看，尤其聽說他光看電視就會認字，不必大人教，哇，再沒人敢罵他笨了。加上丁爸爸丁媽媽對所有同學都好，我們漸漸改變態度，不再討厭他，開始會找他玩，注意他的舉動，還會幫著周老師「大元這樣」「大元那樣」的喊。

大元，不可以

「班上小朋友對大元很好，都會照顧他。」老師向周老師提到這天早上升旗的狀況。

「哎，從一年級就教他們要照顧大元，難唷。」周老師搖搖頭，正好看到我，指著我說：「像江屏，就氣得打過大元，不是嗎？」

我紅著臉笑，點點頭，是真的。那次丁大元在座位間走

動，無緣無故拿起書本就猛力敲我的頭，周老師急忙制止：「大元，不可以！」可是大元繼續打我，小朋友哇哇喊：「不行打。」「大元，不可以。」

我先是嚇呆了，後來又氣極了，抓起鉛筆也去刺他。大元摀著傷口跑出教室，丁爸爸去追他，丁媽媽摟著我，連聲說對不起。

放學後，胡玉真跑來我家寫功課，兩人嘰嘰喳喳講到這件事。我媽知道後很火大，怪我萬一把人刺死了怎麼辦？又罵丁爸爸丁媽媽養兒子不會教，任著孩子撒野。

在家說說嚷嚷也就罷了，誰知道隔天我媽就來學校，要求周老師把丁大元調班！更想不到的是，原本氣沖沖凶巴巴

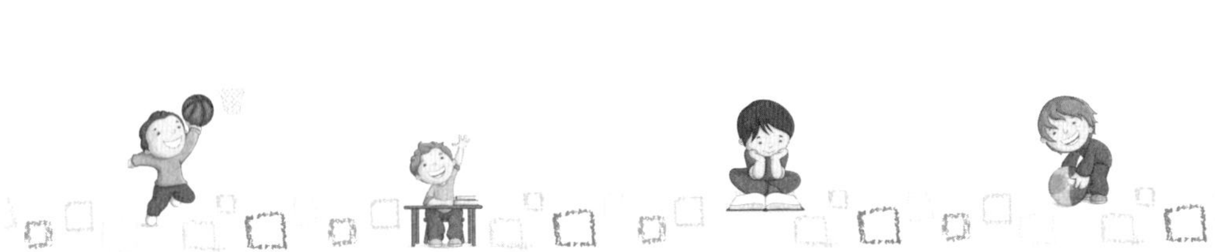

的媽媽，看到丁大元後竟然不罵人了，還摸摸丁大元的頭，又跟丁爸爸丁媽媽有說有笑的，搞什麼嘛？

「我以為丁大元是又髒又臭的野小孩，哇，竟然漂亮得像個美國娃娃，白白粉粉的，眼睛又大又亮，嘴唇紅通通，嘖嘖，真好看。他爸媽不知道肯不肯，我倒想收來作兒子！」飯桌上，媽媽端起飯碗，話匣子就開了。

聽見這話，掃一眼飯桌上扒飯的哥哥們，我爸提醒她：「別找麻煩了，這幾個還不夠你氣的嗎？」

被潑冷水，媽媽仍舊說得很起勁：「咱們江屏算是小美人了，想不到那個小男生更俊。唉，作什麼孽呀，一個標緻的娃兒偏生那麼古怪！江屏啊，以後別欺負那丁大元，要多

幫他一點。」

嘴裡嚼的飯菜讓我差點噎到，媽媽說錯了吧，欺負？是丁大元欺負我耶！媽媽真古怪，都說丁大元的好話。更糟的是，不知道誰耳朵那麼長，聽到媽媽說的話，班上小朋友全都知道了：江屏的媽媽好喜歡丁大元噢，要收丁大元作乾兒子嘍……

丁爸爸丁媽媽沒說什麼，他們原本就把全班小朋友看作自己孩子來照顧，可是我很不開心，因為鄧義遠亂說話：「啊哈，江屏要跟丁大元結婚了！」「江屏愛丁大元。」還故意跑來我面前這樣說，胡玉真替我罵他：「你亂說，討厭鬼。」他嘻皮笑臉繼續鬧。

我被氣哭了，去跟周老師告狀，他根本不怕，比丁大元還要壞！

周老師要他跟我道歉，鄧義遠不肯，說我一直瞪他。周老師笑起來：「呀，對啊，『瞪一眼』就是你嘛。」這下全班都笑了，我也不氣了。

「故事真多！」連陳老師都聽得好笑。她一定沒想到，說這話之後的十分鐘，丁大元又創造了一個故事。

兩個塊頭大的男生賴志陶和柯士奇去找人。

不久，大元自己跑進來了，老師把他叫到面前：「你到哪裡去了？」

「你到哪裡去了？」大元學老師的話，這是他說話的特徵。

「丁大元剛才去哪裡？」老師換一種句法問。

大元回答得很古怪：「去……嗯……去去……親……親……親一下……」他很緊張，兩眼瞟來瞟去，說得結結巴巴。

「眼睛看老師。」

「不要，眼睛不要看老師。」大元依舊東張西望，拒絕

得很乾脆。

「你去哪裡？跟誰親一下？」老師耐著性子問他。

大元定住身子，又說：「親一下。」噢，天，他真的是說親一下。

「在哪裡？跟誰？」老師急著問。

「廁所。」

「跟誰？」

「跟誰？跟誰？跟……」大元有點困惑地說不上來。

「老師，剛才下課有人要欺負大元。」賴志陶跑進來，喘噓噓的。

「七班的人在廁所裡面嘲笑大元是神經病、呆子。」柯

有，可能夏老師也發覺，高調門大聲嗓容易驚嚇到大元，即使碰到我們調皮吵鬧，她氣極了罵幾句後，便不得不緩下語氣。

郭明禮還觀察到，大元口中「哼哼」「咿咿」，焦躁不安，或是腳跟提起放下、搖晃身體時，多半就會亂跑、怪叫或哭鬧打人。我們半信半疑，注意過幾次後發現真是這樣。

忘了是哪一次，有人聽到大元喊：「夠明理。」郭明禮以為是喊自己，居然跟大元回答：「有。」還舉起右手。

大元也學話：「有。」抬起手肘卻在胸前停住，猶豫著要不要舉手。

「有什麼？」郭明禮問他。

「有……有……有夠明理。」大元眼珠轉好久才擠出這答案，同學都被他逗笑了，郭明禮從此變成「夠明理」。

座位在一起的他們，沒再打過架。大元仍然會亂打人，郭明禮知道要閃躲，就算挨了大元幾下，也不跟他計較，又會催促大元撿座位下的垃圾紙屑，幫他把抽屜裡的物品清理整齊。

夏老師知道這些事後，豎大拇指稱讚郭明禮：「好！做得很好，夠明理！」咦欸，老師居然也學大元這樣喊。

空中隨意畫，丁大元隔著一條走道，也學高志中拿手指胡亂比。有幾次他比畫一陣後，竟然就乖乖睡了，是被高志中催眠的嗎？應該不是，可是高志中覺得有用，時常畫給大元看。下課畫，排隊時間畫，畫在紙上給大元看，或是畫在黑板上、地上，也會用手指畫在大元手上、背上。

起先只是簡單的小圖案，線條畫的一些貓、狗、鳥、飛機、房子……等等。大元經常看一兩眼就開始亂塗亂抹，高志中也不生氣，按照弄髒弄壞的樣子再去「改造」，變出不同的內容。

丁大元有時會把圖拿去「送」給別人，丁爸爸丁媽媽收到好幾次，誇讚高志中畫得很好，很有創意，買了一盒

二十四色的雄獅粉蠟筆送高志中，鼓勵他繼續畫。

　　那麼好的禮物，我們都很羨慕，可是高志中不敢拿，說家長會罵。夏老師代為保管，放在教室裡讓高志中隨時拿去用，遇到有背面空白的日曆紙或考試卷、通知單，夏老師通通回收放在講桌抽屜，「想畫圖的人就自己來拿紙。」她跟我們說，結果大家都轉頭看高志中，哈！

　　得到這麼多鼓勵和讚美、羨慕，高志中開心的畫不停，那陣子很多人受影響，也跟著愛畫圖，只是，我們迷一段日子就被鬥片遊戲吸引，丟下蠟筆改收集玩具。高志中也跟大家玩鬥片，卻還是不停的畫，完全無師自通，畫出興趣了。

　　「喂，喂，老師在喊你啦！」前座的胡玉真回身推我。

啊，是新老師在點名要認識全班同學。

「江屏，在想什麼事啊？」老師微笑的臉很親切，我紅著臉站起來，把剛才想到的事簡單說一遍：郭明禮變成「夠明理」，高志中變成畫畫高手，全都跟丁大元有關係。

「老師，丁大元會製造人才！」許鈞強冒出這麼一句，蔡若男又補充說明：「大元很有學問！」

「有學問不要。」聽到同學喊名字，大元傻傻的說，句法很奇怪，大家笑哈哈。老師很感動，聽我們七嘴八舌說完故事，稱讚我們是最有愛心的好孩子，又很不放心的請我們隨時隨地要跟著大元，怕他出什麼狀況。

他準備尖叫嗎

那次開學第一週，我們換了新教室，也重新排過座位。郭明禮變瘦了卻沒長高，新位子在中間，不再跟大元同一張課桌，換成劉華易和大元同座。教室在信義樓下，面對操場，往西是辦公大樓和前庭大花園，往東是蒸飯室、遊戲器材和垃圾場。大家對學校北邊這排二層樓建築和周圍校園比較陌生，下了課就衝出去熟悉環境，大元經常跑「丟」了，

總得大家分頭去找回來。

也就在那一週，大元為班上「製造」了一個驚喜。

那天是週五，剛好我管秩序，午睡時，大元坐不到兩分鐘就起來到處走，我趕快離開講台去「陪」他，小聲跟他說：「嘿，大元，到黑板來畫畫。」

講臺邊有一塊小黑板，我搬到教室後面，遞根粉筆給他，又拿塊板擦，拉著他蹲下來塗鴉。

不料，大元抓著粉筆隨意敲打黑板，「兜兜」「扣扣」的，聲音很吵。「噓」，我把食指豎在嘴上，叫他小聲點，順手在黑板畫個圓圈和三角形、正方形，讓他學著畫。

誰知大元把粉筆當手指頭，學我放在嘴上連「噓」好幾聲，還把身體湊近了，怕我沒聽到。

「唉，拜託，你別這麼大聲嘛。」我心裡慘叫。午睡時間哩，千萬別吵到睡覺的人，否則我怎麼記名字呀！

縮起脖子轉動身體，大元一屁股坐到地上，拿著粉筆朝空中點呀點，嘴巴喃喃有詞，不知道說些什麼。

「大元，我畫樹給你看。」輕輕喊完，等他停下手和身體，我連忙在黑板上畫起來。

一棵樹很容易畫，我故意把樹畫在小黑板左邊，空出另一半黑板。「來，畫這邊。」我告訴他。

「什麼？」大元趴在黑板上問。

「畫樹。」我說。

樹幹上要有枝條和葉子，想一想，我又畫了太陽在左上角。

「畫樹。」大元一邊說，一邊也在黑板上畫線條。他「砍」一條線，短短的，停下來，又往黑板中間「剁」一條線，斜斜的，然後，他在黑板其他地方來來回回「磨」好幾下，急促用力的戳打黑板，粉筆在黑板留下幾個白白大大的點。

慘了，他準備尖叫嗎？我趕緊將板擦遞給大元：「擦黑板，來。」

大元別吵

板擦揮來舞去，好幾次擦過我的臉，白白粉筆灰四散飄飛。

「大元，別吵。」座位在最後排的李雅文小聲喊，她趴在桌上側轉臉看我們，被吵醒了。

我拍拍大元的鞋子，再拍拍他的藍色短褲，撣掉粉筆灰。

「什麼？」大元停下揮動的手，眼睛四處瞟，就是不看我也不看李雅文。趁他低頭看鞋子褲子時，先拿走板擦，我得想辦法讓大元回座位去。

「睡覺了。」我說。

大元坐在地上，背靠著牆，伸直了腿，雙手抱在胸前，左顧右盼，白上衣在水泥牆壁上磨蹭得髒兮兮，他的褲子屁股上一定也是厚重的灰灰黑黑。

指指他的座位，我低聲喊：「大元，去你的位子睡覺。」

雙手抱胸看天花板、看窗戶、看地板、看同學、看講台、看我的手，可是，大元不讓我看到他的眼睛。沒有表情

的臉好像在瞪著什麼，我乾脆學他的樣子，蹲在他旁邊抱著手看天花板。

這下換成大元奇怪的看我。「什麼？」他放開雙手，又抱住，再看看我，又放開環抱的手。

「大元，去座位上睡覺。」我瞪著天花板小聲說，一邊偷瞄大元。

慢吞吞的坐正身體，彎起膝蓋，我以為他就要站起來了，誰知道他趴跪在地上，用手掌膝蓋爬向座位間的通道，一步一步，邊爬邊轉頭張望，這是在玩什麼把戲啊？

「大元，起來。」我小聲喊，瞪著他屁股沾染的泥土，藍褲子變灰白的了。

往他屁股拍泥土，剛拍一下，大元突然叫起來：「哇啊！」急慌慌快速爬動，把同學掛在桌椅邊的袋子、書包、水壺撞得砰砰碰碰，那樣子好像被獵人利箭射中的動物，在樹林間亂竄。

哇哩咧，我才是那個受驚嚇的可憐蟲好不好！

導護老師來了

大元這麼一鬧，很多人都醒了，趴在桌上的頭紛紛抬起來。

「哇噢！」大元又尖叫一聲，學狗爬的身體就趴在王于美腳邊，把半睡半醒的她嚇跳起來：「厚，你做什……」

「噓，導護老師來了！」座位靠窗的同學側臉，壓低聲音發警報。

想罵人的恰北北聲調被打斷，美人魚王于美重新把臉放進臂彎裡，其他人也很快趴到桌上，教室裡突然間安靜了。

我不敢再走入座位通道，站在教室後面等導護老師巡視過去。啊，拜託拜託，丁大元你千萬別在這時候探出頭或叫出聲，合作一點吧！

聽著走廊上腳步聲漸漸靠近，導護老師停下腳沒有再移動，從窗戶看出去，導護老師正在檢查洗手台的整潔維護。我記得值日生胡玉真和曾財富，午睡前特別去刷了洗手台又掃過水溝，應該很乾淨，導護老師怎麼看那麼久？

「來！」看完水溝，導護老師往教室裡張望，見到我，招手要我出去。

快步從後門出去時，丁大元竟然爬過來，「什麼？」這一聲喊得清清楚楚。李雅文迅速滑下椅子去蹲在大元前面，我半是洩氣半是緊張的跑到導護老師旁邊，結結巴巴說不出話，只記得要向老師鞠躬。

「洗手台跟水溝都很乾淨。」導護老師遞張「優」的貼紙給我：「貼到你們班的整潔評分表上。」

「謝謝老師」，敬過禮，我趕快進教室去把評分表拿出來，掛在班級課表下面。貼紙貼上去，格子就滿了，這一週我們的整潔評分都是「優」，可是秩序評分表上空空如也，沒有任何貼紙。

我要去玩了

「哇啊！」教室裡一聲尖叫，導護老師已邁開的腳又收住，問我：「誰這樣叫？」一邊就踏進教室。

同學都趴在桌上，丁大元還在學狗爬，停在書架前，李雅文小聲安撫他：「回座位好不好？我幫你拍一拍。」可是李雅文手一伸，大元就退縮閃避，不讓人碰，上衣全掉在短褲外，只有一點衣襟扎在褲頭裡。

看到導護老師進來，大元站起身，嘴裡喊：「我要去玩了，我要去玩了……」真的就要往外走。

「不對，是我要午睡了。」李雅文搶上前擋住大元。她的個子和丁大元差不多，我有點擔心大元發狂起來會把她推倒，幸好大元掉轉頭走進座位通道。

「我要去玩了，我要去玩了……」喃喃自語又快步走，大元竟然繞過導護老師要走出教室。

我張開雙手擋在大元面前，小聲叫他：「等一下，大元，現在還不能出去玩。」

「你胡鬧什麼？」導護老師忍不住罵大元：「人家都在睡覺，你玩什麼玩？給我回座位去！」聲音不大卻很兇，眼

睛冒火一樣瞪著大元。

「嗯……嗯……」大元跳起來，倒退走，手胡亂指，眼神左瞟右瞄，接著嘴一癟，「嗚嗚」「咿咿」低聲哭，急慌慌在教室裡跑，「哇！」「啊！」大聲怪叫。

同學早都醒了，紛紛坐正身子，輕聲招呼他：「大元，別跑。」「小聲一點。」「用走的，大元。」

郭明禮也來喊：「別怕，大元，回座位去。」

「喔，他就是那個……」導護老師彷彿想起什麼，轉臉向我。

顧不得老師要問話，我過去牽大元的手，李雅文和柯士奇也來安撫他：「別哭，大元。」「我們回座位。」「來，

走慢一點。」

又拉又哄的把人帶回位子，重新坐下後的大元靜靜趴在桌上。「喔」「呼」，教室裡輕鬆了，有人打呵欠，有人側轉臉，一個個自動趴下繼續午睡。劉華易掩著嘴偷笑，我瞪他一眼，準備要記他名字，往講台黑板走時才發現導護老師還站在門口。

「別讓他亂跑！」

「嗯，好。」我點點頭，心裡想：這個老師一定被嚇著了。

導護老師又站了一會兒，確定班上沒狀況後才走向別班繼續巡視。

全年級秩序冠軍

午睡時間應該過完一半了，看過去，教室很安靜整齊，大元也乖乖睡著，我沒有事做，索性到小黑板畫完那幅畫。

樹下的滑梯和小花狗才畫好，鐘聲響了，別班「嘩」「哈」的響起一片叫鬧：「去玩躲避球！」「先去佔場地！」「球給我……」很多人跟著鐘聲衝出教室，走廊、操場立刻熱鬧滾滾。

擦去圖畫，把小黑板搬回講台邊時，班上大部分人還趴在位子上，劉華易、鄧義遠先坐起來，陳子衡、馬家修也跟著離開座位。導護老師走向辦公室時，經過我們教室稍稍停一下，看看我們，也許是還記得剛才大元吵鬧的事。

丁大元睡到快上課才被同學吵醒，不知道誰先發現，秩序評分表上貼了一張豎大拇指寫「讚」的貼紙，引得全班興奮討論：怎麼可能？大元叫成那個樣子，導護老師為什麼說我們好呢？

級任陳老師在下午第一節上課時，透露導護老師的驚訝與誇獎：「這個班級是真正做到自治、友愛的好學生，太難得了。」

那張大拇指讚的貼紙，為我們贏得開學第一週的全年級秩序冠軍。咳，從一年級到現在，頭一次拿到秩序優勝獎狀，竟是因為丁大元的關係！

「可以空前，不可以絕後喔，繼續加油。」老師打趣說。這話當然不是鼓勵大元在午睡時吵鬧，是提醒我們，任何時候都要「處變不驚」，給大元安全穩定的感覺，減輕他不安害怕的情緒。

我似懂非懂，不就是陪伴、安慰，對大元輕聲說話就行了嗎？需要「處變不驚」的恐怕是老師吧，我們早已千錘百鍊，被大元嚇出膽子了。

儘管是學校的高年級學生，老師仍然從早到晚跟著我們

作息，午睡時間盡量不離開教室。大元很少能「準時」睡覺，老師讓他在教室裡踱步、翻課外書、站起來又坐下的，直到他自己感覺教室一片安靜、睡夢香濃，或無聊、發呆到累了，大元才肯回位子睡覺。

我們很快看出來，忙著低頭批作業、簽聯絡簿的老師，不特意靠近大元，也很少開口制止，是怕大元緊張，拉開距離想給他自在和信任感。有些時候，老師停下紅筆，視線定在大元身上，觀察大元的舉動、表情，似乎在研究大元下一秒鐘會做什麼事。

大元會突如其來的笑，是那種咧開嘴、無聲的笑，他想到什麼好笑的事呢？大元更常咬手指甲，他的十根指頭被啃

咬得指甲參差不齊，有時指甲短到甲肉滲血。啃咬指甲的大元，是高興？不安？沉思？還是生氣吵鬧的前兆？

我不知道老師的研究或猜測有沒有成功、正確，但她一貫輕聲細語，不因為大元狀況百出而改變，看我們的眼光依舊溫和耐心，不因為注意大元而疏忽對其他同學的關照。

說實話，老師這樣子讓我們都輕鬆也放心，更願意對大元好，努力把我們班變成老師說的「能自治、有愛心」，隨時隨地都整齊乾淨、秩序井然的班級。大元給班上製造了驚喜，又像塊橡皮糖，把全班和老師黏在一塊兒。

雞同鴨講

一天上午，第一節課開始不久，兩個六年級男生在門口喊「報告」，要找丁大元去他們教室，「我們張老師有事情要問他。」

問丁大元事情？

「我們教室被破壞了。」「有人看見丁大元，昨天下午放學從我們教室後面跑過去……」那兩個男生說。

老師問清楚是六年二班，要他們先回教室，再請班長尚邦平帶丁大元去見張老師。

「大元，來。」老師招手，座位前後的美人魚和李雅文幫忙喊：「去前面。」「老師叫你了。」

「嗯……什麼？」

「跟著尚邦平，去六年二班。」老師輕聲說，送尚邦平和丁大元牽著手走出教室。

「嗯……什麼？」大元邊說邊啃手指甲，他有點兒緊張，從背影看，大元把臉湊到尚邦平鼻子前，八成是問：「什麼？」他會亂闖到別班教室去嗎？連話都說不順暢的大元，要怎麼回答陌生老師的問題？

老師繼續上課，不時低頭看手錶，講話中，眼睛看我們也看窗外的走廊、操場。六年二班的教室在南邊大樓，卻好像遠在美國，尚邦平和丁大元過了十多分鐘才出現在教室門口。

「張老師把大元看了看，沒說什麼就要我們回來。」尚邦平跟老師報告時，丁大元自顧走回位子，還在啃手指甲！

下課後，大家圍著尚邦平，想知道更多些。

「張老師問的話，大元嗯嗯哼哼不會回答，有時點頭又搖頭，張老師問我，大元平常都是這樣子嗎？我說『是』，張老師就……」說到這裡，尚邦平學張老師攤開雙手、無奈的樣子。

「哈哈，一定是雞同鴨講。」許鈞強先笑出來，想像張老師秀才遇到兵那種表情，我們也忍不住笑。

事後聽老師說，六年二班教室門鎖被撬開，拿走班級收錄音機和撲滿。「會挑值錢的東西，又沒弄亂室內桌椅，怎麼看都不可能是大元做的事情。」老師轉述張老師的結論。

「欸，說不定大元看見是誰做的。」蔡若男冒出這麼一句。

「欸唷，要怎麼問呀？」林月妮回嗆他：「大元才搞不清楚人家要做什麼咧。」

這是真的，丁大元根本不理會身邊的動靜，除非他自己有興趣，主動問：「什麼？」「什麼？」否則就靠我們隨時

提醒、催促，才能讓他跟著我們一起行動，甚至，他連照顧自己都很「不及格」。

惹門呃

可能是在家老看電視，大元得了近視，戴眼鏡對他簡直是災難，三天兩頭打破鏡片，摔斷鏡架、鏡框。

他原先瞇著眼看東西，走路跌跌撞撞，不時踉蹌絆倒，等配了眼鏡，大元卻丟三落四，拿下來就亂放，口袋、抽屜、書包隨便塞，找不到時會傾倒書包，撥翻抽屜，弄得座位又髒又亂。

一角，問他怎麼了，他傻笑說：「惹門呃？」毫不在意漏風又難看的牙齒。

老師問了丁爸爸才知道，大元騎在田埂碎石路上，被一顆石頭顛歪屁股，身體一栽，撞上車龍頭，把門牙磕斷啦。

唉，竟然連嘴裡的牙齒都出意外！

有國旗才好玩

升上高年級，丁爸爸丁媽媽不再跟來教室，只有每天早晚接送大元上下學，有什麼事也只在辦公室跟老師說。大元變得黑黑壯壯，雖然戴了眼鏡，行為反應卻沒有進步多少，嗓音也還是細嫩清脆。我覺得大元更像個小弟弟，啥都不懂，腦筋跟他的身材差很多，但是他精力充沛，闖的禍從不間斷，而且千奇百怪。

「老師，大元被邱主任抓去了！」一天課間活動，我們剛從操場做完健康操回來，班長尚邦平就衝進教室找老師。

「大元怎麼了？」老師朝訓導處邊走邊問。

「大元把國旗降下來。」

抬頭一看，旗桿上空盪盪，國旗不見了。

邱主任是知道大元的，沒處罰他，只叫他練習拉繩子。

當主任和老師問他：「繩子好玩嗎？」

大元把頭搖得像貨郎鼓：「不好玩。」誰知道他又加一句：「有國旗才好玩。」

去看熱鬧的同學講給大家聽：「邱主任向大元舉起雙手說『投降』，大元也舉起雙手跟主任說『投降』……」

哈，我們全笑得肚子痛。

班上有這麼個人物，學校生活隨時會出現問號、驚嘆號，瞠目咋舌以外還有更多的想像和討論，我們常常要做出創意思考和機警包容的反應，那真的是天天都精彩，天天都新鮮。

開什麼玩笑

好像全校老師都認識丁大元，他做了什麼事立刻就被指認出來。

一天午睡前，教室鬧哄哄的，有個老師來找丁大元。是教三年級的王老師。

「你這個小鬼，居然把我鎖在樓上，真可惡！」王老師吼得像打雷，怒不可遏，我們都替大元擔心，李雅文趕忙去

找老師。

看到大元躲在同學背後發抖，王老師越發生氣：「你給我過來！」

被王老師指著大罵，大元突然怪叫，甩開同學，在座位中間跑來跑去，踩踏椅子桌子，把課桌椅推撞得碰碰響。

王老師氣壞了，上前要抓他，大元「啊！」「嗄——」一邊怪叫，一邊翻過窗戶，跑掉了。

「快去追！」匆匆趕回教室的老師，喊完才發現，同學早都跑出去找大元了。

對著剛站完導護勤務回到班上的老師，王老師劈劈啪啪說一大堆：原來這一天三年級只讀半天，送走小朋友放學路

隊後，王老師在樓上教室整理東西，聽到樓梯鐵門有聲響，出來一看，丁大元正在拉鐵門。

「我告訴他，樓上還有老師，不能鎖，他居然一面對我笑，一面就把鎖頭扣上，把我關在裡面。我叫他回來，他卻跑掉了。哼，小鬼，開什麼玩笑……」王老師說得很激動，捏著拳頭，準備要揍扁丁大元。

幸好丁大元不在這裡。

「你要把他看好！太危險啦，萬一是小朋友被他關起來就糟了！」在老師不斷道歉和稱謝後，王老師氣消了，臨走丟下這些話。

說的也是，大元曾經在人家上廁所時，把門從外頭鎖

住，還好都被同學發現，幫忙打開，可是如果……

看看站在講台前的大元，我們僵著臉呆坐。被簇擁推拉帶回教室的他，完全沒意會到自己剛剛做了什麼，左顧右盼若無其事。

是它自己要跑出來的

老師臉色凝重，決定處罰大元。

看著停在自己手心上的板子，大元問老師：「你要做什麼？」

「我要打你。」

「我要打你。」大元又重述一遍。

老師一板打下去，大元「啊！」的大叫一聲，整個人跳

起來，立刻「嗚嗚」哭了。

老師被他嚇一跳，「不准哭！」

「沒有，沒有。」大元直往後退，他怕老師手上的板子。

放下板子，老師叫他過來：「不准哭。」

「嗯，好。」大元抽噎著繼續哭。

「怎麼還在掉眼淚！」

「嗯……嗯……是它自己要跑出來的。」大元有問必答而且回答得真妙，老師好氣又好笑，只得算了。

究竟，大元弄清楚為什麼被打了嗎？老師處罰他，是要他別再做這種隨便鎖門、關人的舉動，可是，大元是真的要胡鬧搗蛋？還是只為了玩弄那些鎖頭？想嘗試按下、掰開、扣住的玩具遊戲？痛一下過後，他到底有沒有記住「不可以做……」的叮嚀呀？

這些問題，我們都不知道答案，老師明白事後的懲罰無濟於事，對大元更毫無意義，最有效的方法就是「緊迫盯人」！從此，我成了丁大元的「跟班」，老師指定我要隨時看住丁大元。

「不可以讓他離開妳的視線。」老師的指令說得簡明扼要。

會選上我做這件事，大概因為開學第一天，周老師特別向她提到我，上課點名時，我又跟她說了郭明禮變成「夠明

理」，和高志中變成畫畫高手的趣事，老師才會對我印象深刻吧。

可是，拜託！別說我當保鑣不夠看，要當保姆嘛，我也不能陪著他上廁所啊！

你們怎麼都不了解他

苦著臉回到家，哩哩囉囉長長一篇牢騷兼報告，媽媽握著鍋鏟「鏗鏗」「鏮鏮」聽我說完，停一下手。

「欸呀，你只管看著他，有事就幫著說，要不就大聲喊，同學那麼多，怕什麼？丁大元不是很聽妳的話嗎？」媽媽一點都不同情我。她早就不提收乾兒子的話了，但是只要跟大元有關的事她都有興趣聽，不單細節問得很仔細，還常

有謬論哩。

「當旗手多神氣呀，難怪大元要去拉看看。他真聰明，有國旗才有意思嘛，光是一根繩子拉個什麼勁！」

「大元哪，一定是把王老師當做賊了，才會把王老師鎖起來，你們怎麼都不了解他呢？」

照媽媽這麼解釋，大元的行為舉止一點都不奇怪了。可是，他怎麼把人關鎖在廁所裡呢？

「會不會是……」

同學知道我媽的說法後大感新鮮，也跟著腦筋急轉彎，李雅文先想到了：「會不會是大元把欺負他的人關進廁所？」

咦，我們從沒想過這個可能性。問來問去，都沒有人記得是誰被大元關了，倒是大家開始學著作另類思考，起碼，要了解大元是不能用我們一般人的腦袋和見識的！

大元的內心世界

大元寫的字方方正正斗大一個，每一筆都很用力。

「這叫力透紙背。」賈維仁告訴我們：丁爸爸是書法家，把獨門功法教給大元了。

「真的？」

「假的！」賈維仁笑嘻嘻跑開，怕我們捶他。

不過被他這麼一講，再看到大元的字時，很多人都覺得

那真是自成一派，有風格。

大元的硬筆字有型，寫書法和畫圖卻無法恭維！墨汁跑到臉上手腳和衣褲不打緊，簿子上還暈倒著「一團團」的字，根本看不出寫了什麼。畫的圖只見到混亂糾結的線條，沒有具體形象，色彩攪混成一堆，不管用粉蠟筆、彩色筆或水彩來塗抹，畫面總是灰撲撲暗濛濛髒兮兮。

原本我都想說大元只是抓著筆，像小娃娃那麼無意識的運動手指，高志中卻幫大元解釋：心中有苦悶，找不到出路，「那就是大元的內心世界。」高志中對畫畫懂得多，應該沒說錯，那麼大元的畫就不能當作「幼稚」來小看了。

沒有人聽過大元開口唱歌，低年級唱遊課和中高年級的音樂課，他能在教室裡不吵鬧不亂跑就很好了，老師們並不勉強他跟著唱唱跳跳。我很疑惑，難道看了那麼多節目，電視裡的歌曲也沒進入他心中的世界嗎？少了旋律的生活就少了很多樂趣，大元張口吼叫哭鬧的時候，怎麼不會改成唱歌呢？

絕頂聰明的人都是這樣

唯一我敢肯定的是，大元吃東西時絕對是快樂的！尤其上高年級，每天午餐時，大元三兩下就吃完丁媽媽做的便當，在座位間走來走去，同學總會請他吃塊香腸、煎魚、燒肉、丸子……大元胃口大又好，從不挑嘴，來者不拒。

我媽知道後，有時會多裝一塊雞腿或魚排，交代我：「請大元吃，能吃是福，吃飽心情就好。」喔，好像大元會

吵鬧是因為沒吃飽！

我們看過大元用手抓雞腿，吃得滿嘴油膩，但整個人很專心很滿足，即使嘴唇因為摔車腫脹，還是嘖咂舔舌，起勁嚼啃。嗯，「吃」這件事，他不輸我們喔。

「不對！」林月妮一口否定我的看法。

「大元不會剝橘子、柳丁、香蕉，不會剝蝦殼挑魚刺，他只會把東西放進嘴裡，咬一咬就吞下去……」林月妮提醒我，也像在評論：「大元只會動口，不會動手！」

嗄，那不就是「君子」嗎？太離譜了吧！

「絕頂聰明的人都是這樣。」簡仁偉說。他不知從哪兒學到看手相，抓起大元的手摸摸握握，煞有其事的點頭：

「手掌很大，手指有力，肉很厚，有福氣，腦筋好，是深藏不露的大人物。」

丁大元聰明嗎？我們都不確定。他的課業成績普通，數學比較差，但考試都會及格，其他各科用死背的。衝著看電視學認識字這項成就，大家也認為他真的「莫測高深」。儘管他寫作文沒有半句通順的，說話也是牛頭不對馬嘴的多，可是有時候又會福至心靈的說些很「哲學」的句子，或是讓人噴飯的話。

全班都嚇一跳，誰敢喝斥老師？

坐正身子回頭看去，是丁大元，站在位子上指著老師說：「你不要給我講話！」「你不要給我講話！」

老師一楞，做手勢要他安靜：「大元，坐下；坐下來。」

他一邊坐下一邊喊：「你不要給我講話，你不要給我講話……」

老師停了幾秒鐘，真的嚥下罵人的話，慢吞吞拿起課本和粉筆，眼睛眨一眨，說：「看課本。」

我們忍住笑，精神百倍繼續上課。

下課後，「五碗粿」吳婉桂告訴我：「大元把總導護學得好像喔！」

回想早上升旗，站在司令台上的總導護老師，啊呀，原來丁大元是在「模仿」他所看到、聽到的。

我和胡玉真講好去登記掃教室第一、二排，不料施念慈跟葉婷玉也挑這項工作。「抽籤！」老師說。玉真抽到的紙條上畫了個「○」，念慈抽到「×」，我鬆口氣，開心的笑了，婷玉很失望，她倆急著再去填別的項目。

大元呢？他咬著手指甲，看大家嘰嘰喳喳，不斷跑上講台在黑板寫自己的座號。沒有人找他，看看，也不知道他能做什麼工作。我問大元：「你要挑哪一項？」

「你要挑哪一項？」他重複我的話。

「拿掃把掃地，好不好？」我問他。

「嗯……嗯……好不好？」他反問我。

大元沒做過任何清掃工作，擦窗戶時他曾敲破玻璃，掃地嗎？他隨便揮掃帚，不知道要掃什麼。提水、清水溝、倒垃圾，他都越幫越忙，夏老師沒要他做任何事，只要他別在掃地時間亂跑亂叫。

現在怎麼辦？我總不能替他選個工作。

老師的辦法很簡單，大家都有了確定的清掃任務後，哪一項缺了人，那就是大元的工作。結果是，外掃區第三棵欖仁樹沒有人管，歸他照顧，要澆水，要撿拾落葉、垃圾，要拔除雜草。

「老師，大元會掃嗎？」「掃不乾淨怎麼辦？」「他以前都沒有工作……」同學你一句我一句，很懷疑老師的安排。

「沒關係，做不好我們再幫他加強，總是要給大元練習的機會。」老師堅持不讓大元「閒置」在一旁。

我想起周老師數落丁爸爸的話，看來陳老師也同樣持這種「練習才會進步」的論調。

老師很認真，掃地時間一定親自指導，看完教室再去外掃區，等她說「好！」「收工了。」大家才能結束工作，回教室、自由活動，留下外掃區的值日生最後再做檢查。大元幾乎都和值日生一起回教室，因為老師還沒到場時，他根本不工作，走來走去繞著外掃區到處晃，而且抱著手臂，這兒停一下，看看，再走去那兒，停一下，看看，要不就是站在樹底下，手背到腰後，轉臉四處張望。

「那模樣，神氣八咧的。」許鈞強回到教室說給我們聽。

「大元在幹嘛？」擦玻璃的陳子衡問。

「誰知道。」許鈞強聳聳肩。每人一份工作忙著，已經習慣大元的無所是事，沒人留意他的舉止，反正老師一來就會帶著大元去撿紙屑落葉，沒什麼狀況呀。

還是吳婉桂看出來的：大元模仿老師檢查掃地工作。

「他做督導！」五碗粿笑到直不起腰：「督導！」

「喂，我的媽呀，竟然學老師！」「嘿，我們怎麼都沒想到，督導的工作最適合大元……」她笑得全身發抖坐到位子上。

「喂，你好像碗裡的粿喔。」鄧義遠嘴巴永遠那麼壞，卻著實逗笑了我們幾個女生。

好不容易停住笑，看到大元走進教室，胡玉真和林月妮不約而同又笑出聲。

「笑什麼？」值日的尚邦平莫名奇妙，他撿回兩隻竹掃把，跟在大元後面進來，以為女生在笑他。

「大元啦。」美人魚王于美搶著說：「吳婉桂說大元適合作督導，他學老師檢查你們外掃區。」

「還說哩，大元剛才差點挨揍！」尚邦平說得大家嚇一跳，發生什麼事？

跟著同隨不要

一邊放掃把，尚邦平一邊說：操場上一堆人玩躲避球，大元跑來跑去妨礙到他們，有人就拿球砸大元。

「砸到了？」大元看起來還好嘛。。

「沒砸到。」尚邦平繼續講：球從大元背後飛過去，本來沒事，可是大元又把球踢跑了，那些人全衝過來圍住大元。

「幸好老師遠遠看見，吹哨子把他們『嗶』跑了。」喔，這真的不是好消息，萬一老師換工作，要我去外掃區盯著大元，或是把玉真和大元對調，讓他不離開我的視線，那怎麼辦？擔著心事瞎煩惱，我和玉真不安的看著老師走進教室踏上講台。

整節課，老師沒提大元和打掃的事，平靜語調跟平常一樣，甚至還說笑話，放學前的這堂課，在大家的笑聲裡結束了。

「誰跟大元同個路隊？」去操場排回家路隊時，老師這麼問。

賴志陶、劉華易、曾財富、馬家修、周國惠……好幾隻手舉起來。

「跟著大元，直到丁爸爸丁媽媽接他回去。」老師交代完，又叮嚀大元：「大元，要跟著同學！」

「跟著同隨不要。」大元喊。他發不出正確的「ㄩ」，老是把「同學」說成「同隨」，也沒錯啦，我們像隨扈在大元身邊跟進跟出，簡仁偉不就說大元是大人物嗎！

平常聽到大元說「同隨」，我總會想笑，今天卻笑不出來，老師似乎擔心什麼，板起臉又再說一次：「大元，跟著同學！」

「嗯……跟著同隨。」便當袋、水壺、外套，拖拖掛掛一身邋遢，大元咬著手指甲含糊回答，這個動口不動手的「大人物」，被同學簇擁走向操場。

被老師罰的

隔天掃地時間，老師把大元留在教室，我和玉真互看一眼，心裡唉叫：「完了！」「糟了！」

默默搬開桌椅，掃地，提水拖地，再排好桌椅，不時瞥眼瞄，大元在每個同學旁邊打轉，摸摸窗戶玻璃，看看每排桌子，瞧瞧黑板粉筆槽。咦，老師呢？

「大元，走，去掃地。」檢查完走廊和樓梯，老師來叫

大元，帶著他走向外掃區。

我鬆口氣，大元沒有換工作，老師讓他留在我們視線範圍內，給他活動空間也給他工作負擔，這麼安排應該最理想啦。

「喂，看到沒？」「趕快看！」林月妮和王于美笑哈哈喊。

「看什麼？」玉真和我對齊好每一張桌子，停下來瞧。走在操場邊，大元學老師低頭看草皮，手背在腰後，有時抓一下背，有時放開手撥頭髮。嘿，竟然還伸手指著經過的小朋友，那兩個小男生拎著垃圾袋，不斷回頭看大元。

「哈哈……」笑聲在教室裡爆開，沒辦法不笑呀，陳老師後頭跟著一個「盯」老師，旁若無人又派頭十足，搞什麼嘛！

本來以為掃地的事沒問題了，不料，大元還是被換回來擦教室前後黑板，這工作原先是每天的值日生負責，大元的外掃區改由鄭英雄接下，一人照顧兩棵欖仁樹，什麼原因呢？老師沒有說，我們去問尚邦平，他也不知道，還是鄭英雄自己告訴我們：「被老師罰的。」

另一個丁大元

大元管的那棵欖仁樹上有個小蜂窩，有一兩隻小土蜂繞大元飛，大元沒看到，鄭英雄就指給大元看，還教大元拿小石頭丟蜂窩。近視眼的大元丟不中蜂窩，卻打破自己的眼鏡，又打到經過的小朋友，鄭英雄忙叫大元別再丟了，哪曉得大元不聽他的話，到處撿石頭胡亂扔。

「老師知道是你教的？」

「嗯。」

「老師罵你了？」

「嗯。」

鄭英雄只點頭不說話，很洩氣。

「蜂窩的事呢？」謝淑英不識相，緊追著問：「老師知道嗎？」

「我有跟主任報告。」鄭英雄垮著臉，不想再多講。

蜜蜂？叮大元！

丟石頭打蜂窩？做這種事！

不會太無聊了嗎？太過分啦！

沒有人說什麼，但眼光和表情都是搖頭、驚訝、不以為

然，鄭英雄被我們看得有點氣惱：「我又不……」「我只是……」

「不」什麼？「只是」什麼呢？

他想辯解又吞回去：「我做兩份工作，行了吧？」口氣像道歉又像求饒，我們恍然大悟：「是你自願的？」「嗯。」鄭英雄閉了嘴，勉強點頭應一聲，像另一個丁大元。

第二天升旗，總導護老師把鄭英雄叫上司令台，我們都替他擔心，不料總導護摟著他的肩，要小朋友多向他學習：「發現校園裡有蜂窩或其他危險事物，要趕快跟師長報告……」

就因為他去報告樹上有蜂窩，主任趕緊聯絡消防隊，利用放學後，校園人少了，仔細檢查所有的校樹，總共摘除七、八個大小不一的蜂窩。

「……感謝這位鄭英雄，來，我們一起鼓掌……」喔，想不到闖禍的鄭英雄變成立功的真英雄啦！

劈啪聲裡，鄭英雄紅著臉鞠躬下台，跑回班上隊伍。

劉華易不忘促狹他：「喂，我們都要跟你學習。」還比了個丟石頭的動作，窘得這位「英雄」頭低低的，偏偏大元聽到了，大聲喊：「跟你隨習不要。」哈哈，說得好。

這有什麼好比的

高年級活動多，比賽也多，連走路排隊都要比高下！聽到老師宣佈「行進比賽」的消息，同學先是好笑，聽完比賽辦法後，仍然覺得學校小題大作。

「天天都排隊進操場，還要比賽幹嘛？」

「哪個人不會走路呀？不就是左腳、右腳……」

「咳呀，這有什麼好比的？」大家都不當一回事，私底

下全都是笑。

體育課，老師讓我們一小隊一小隊站出來「表演」，這下很多人笑不出來了。曾財富同手同腳，自己不覺得，腳步踏得雄赳赳氣昂昂，可是樣子很滑稽。張華和賈維仁竟然聽錯「稍息」和「立正」的口令，哄堂大笑把他們糗得收起嘻皮笑臉。

我們這小隊八個人，不知誰節奏感差，踏步時越踏越快，為了保持動作整齊，大家只得跟著加快節奏，結果原地踏步趕成小跑步，老師又遲遲不喊「立——定」，我們自己亂了步伐，同學也笑得東倒西歪。

接著練習「向左轉」「向右轉」「向後轉」，從分解動作到連續動作，好笑鏡頭更多了。弄錯方向、左右不分、緊張的眼神突然面對轉過來的臉孔，慌忙再轉過去，咦，怎麼又是面對著臉孔，到底誰轉錯了？

「回去自己多練習。」下課解散前，老師叮嚀我們。

聽話的在家練習，胡玉真和我互相發口令，煞有其事的擺手踏步、左右前後轉。我媽看得唉唉叫：「哇，這麼難搞！」「噯，緊張什麼？慢一點才不會錯呀。」「幹嘛急趴趴的？穩著點！」

在家裡被我媽嘮叨，在學校練習被老師操，我忍不住想抱怨，看看別人，也是臭著一張臉。

一、二、三

「記得找大元一起練習，培養默契。」等我們轉身靠腳舉手抬腿跨步這些動作都整齊了後，老師這麼說：「全班都要能整齊正確才行。」

全班？丁大元？他也要加入比賽隊伍裡？

「當然。」老師說得毫不猶豫：「練習就會進步，大元也可以做得很好。」

這樣說會不會太樂觀了？

下課時間，張華和賈維仁教丁大元基本轉法，許鈞強和馬家修陪大元踏步，我們圍在旁邊加油。大元經常忘了手要擺動、抬高，被我們提醒，他雙手抬向天。踏步時會踮腳跟，怎麼也改不過來；左轉右轉是整個身體猛地扭拉，兩腳跟完全沒有開合；向後轉時要喊「一、二、三」，他正好一步、兩步、三步轉個身，示範給他看，大元咬著手指茫然無辜的問：「什麼？」

比賽前一週，老師帶我們一次又一次在操場、跑道，排練入場、出場和行進路線。

「立——定！」走入比賽指定位置，老師喊停，大家精神十足的答：「一、二！」

「三！」嗄，大元突然大聲喊，笑岔了全班。

「別笑喔，要繼續下去。」老師告誡我們，正式比賽時，任何小狀況都不能亂，「處變不驚，記住！」

可是，大元在隊伍裡頭顛顛跳跳，咬手指頭，心不在焉的轉頭亂看，這些我們都能不動聲色的視若無睹，保持隊伍不騷動，唯獨拿他的亂喊沒辦法。

「左轉不要。」大元突來的尖叫讓整齊的「一、二！」變了調。

「別喊，跟著做。」我小聲安撫他。

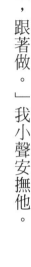

「大元，學我們走路。」看大元越走越慢，隊形就要亂了，劉華易連忙招呼他。

就算我們不著痕跡的幫忙，努力讓隊形整齊，動作劃一，出槌的大元仍會影響比賽成績。

怎麼辦？

「沒關係。」老師堅持讓他跟在隊伍裡，只要看起來整齊，不弄錯方向，不踏錯腳擺錯手，不喊錯口令，不……唉唷，聽老師的口氣，其實也沒把握大元的狀況。

「比賽當然要全力以赴，別擔心大元，他會讓我們班更顯出團隊默契。」老師加油打氣的話很特別：「全班一起參加比賽才有意義，我們是求進步，不是爭勝利。」

好吧，反正練習時會出錯的也不只大元一個，我們每個人都盡力做到最好就行啦。

不要到天上去

夏季制服、白短襪、黑鞋、戴帽，男生一律繫皮帶，女生兩條裙帶一律在背後交叉，按照事先討論的，每個人穿戴整齊，站在場邊等候。

入場時發現，全場就屬我們服裝最整齊有紀律，別班有的沒帽子，有的鞋襪參差不齊，光憑這一點大家就信心大增。

我們輪流跟大元提醒：「大元，等一下別亂喊喔。」

「大元，記得跟前面和旁邊的人對齊喔。」

「手要抬到這裡。」李雅文摸摸大元肩膀，把他的手抬起來：「到這裡就好了，不要到天上去。」

「嗯。」「好。」大元兩眼瞟個不停，嘴裡胡亂應聲，我把他的帽子戴正，領子翻好。

「大元，比賽了，要跟著我們做喔。」林月妮才說完，簡仁偉也湊過來：「嘿，大元，記住，『一、二！』要大聲喊，『三』只要小小聲就好。」

「『三』留給我們喊。」郭明禮接下話，原來男生老早想好這麼一招！

出場後一切順利，大元還是會踮腳跟，偶爾手抬高了，至於其他基本動作呢？完全沒有人注意。我自己專心聽口令，怕一緊張會做錯，只知道大家的動作和應答都很整齊，默契十足。

一等到退場走入休息位置，葉婷玉立刻猛拍胸口：「哇，我差點轉錯！」施念慈吐舌頭說：「緊張死了，我好像聽到大元多喊個『三』！」

有嗎？

鄭英雄搖頭：「哪有，是場外有人故意亂喊。」

「亂喊不要。」大元隨口說，他又想離開隊伍去周遊列國了。老師叫住他也叫住我們：「隊伍排好，要集合了。」

我有預感，我們會得名，因為大元表現太好啦。

了不起，不容易

成績宣佈後果然沒錯，我們得到第一名！

「大家辛苦了，實在不容易。」老師微笑看著冠軍獎狀，搖搖頭：「了不起！」

周老師來恭喜我們，知道丁大元也參加了，豎起大拇指跟大元說：「好，有進步。」

「嗯……好，有進步。」大元居然再加一句：「了不

起，不容易。」聽得周老師呵呵哈哈跟我們笑成一團。

我媽也笑：「丁大元是你們的福神！」

「才不是，是我們運氣好，大元瞎矇的。」我是真的這麼認為。

大元有進步了嗎？也許吧，起碼他不像一年級那種只會哭鬧打人的兇霸，現在還會模仿老師，跟著我們一同午睡、掃地、排隊行進，不錯啦。

什麼活動都讓大元參加，這是陳老師的態度，連說話課要進行一分鐘即席演講，大元也不能免除。

按著抽到的題目，一個人站在台上講一分鐘的內容，這比行進比賽還要命！

「老師，不要啦，太恐怖了！」

「那很緊張欸，細胞會死很多。」

「我會拉肚子，講不出話！」

「老師，那天我要請假。」

「拜託啦，老師，不要這樣殘忍嘛……」

撒嬌、懇求、哀兵計、苦肉計，不論我們怎樣說，老師都無動於衷，唯一能夠討價還價的，就只是請老師公布題庫，提前半天讓上台的人抽題準備。

全班三十三個同學，一共五十個題目，被講過的題目就不再用，每次八個人，題目和人選都在當天一早抽籤決定，下午第一節課上台，午睡時間還可以準備。這樣的辦法似乎

很完備，題目看起來也很輕鬆：「我最愛吃的菜」「我喜歡的一首歌」「我最討厭的一件事」「我做了一個夢」……都是很生活化，容易發揮，隨口就能「扯」上一長串的題材。

儘管老師做了這樣的配合變通，辦法和題目已經減輕難度，我們仍然試圖說服老師改變心意。

「老師，我不知道要說什麼啦。」「可以請同學幫忙出點子。」

「老師，『一本好看的書』要怎麼介紹？我家又沒有書！」「書架上很多課外書，找一本來說說它的內容。」

「可以帶稿子上台嗎？」「不行。」

「老師，說到一半忘記了，要怎麼辦？」「努力想啊。」

「不行啦，我一站上台腦袋就空了，什麼都記不住。」

「那就站一分鐘，時間到再下台。」

任憑同學設想出各種狀況，老師都能見招拆招，溫和堅定的回答換來大家一陣「喔」「厚」哀號跟哄堂大笑。

大家幾乎都這樣

最先抽到上台的是柯士奇，他平日就是「蓋仙」，從容站上台隨即滔滔不絕，黑板上的時鐘顯示，他足足講了五分鐘。同學聽得津津有味，老師任他發揮，還在他下台時站起來用力鼓掌。

尚邦平有點兒口吃，他慢慢說，怕速度一快就犯毛病，四平八穩的把「一個好玩的地方」這題目說完，時間剛好一

分鐘，厲害。

郭明禮原本說得很順，不知道怎麼突然「卡帶」，他窘在台上，不停抓頭敲頭，教室一片安靜，老師在瞧手錶。還好他想出來了，趕著劈哩啪啦背完，聲音越說越小，最後滿臉通紅走下台。我們鬆口氣，拍手為他也為自己壯膽。

我低頭看腿上的稿子，努力背，害怕會臨時「停電」。走上台的幾步，腳直發抖，上台鞠躬後突然瞄到好多眼睛，我勉強笑一下，吞吞口水開始「背」出內容。想好的表情、語調、手勢全都忘了，眼神更甭提了，從頭到尾盯著講桌，等最後一句時才記起來要看大家，這一看不得了，怎麼底下全瞪著我笑哇？

「喂，江屏，你學丁大元嗎？身體提起蹬下，眼睛這裡看那裡看，好像唷。」下課後同學笑哈哈告訴我。

「就差沒有拿手指指點點……」黃百嘉模仿大元招牌動作，被馬家修拍打手背：「你學得更像！」

真的嗎？我怎會在台上學大元？

胡玉真安慰我：「大家幾乎都這樣，好像緊張就會。」

像大元的人越來越多：楊小筠在台上傻笑，謝淑英眼睛看窗外，王于美板著臉，葉婷玉身體左搖右晃，簡仁偉更糟糕，竟然「嗯……嗯……」說不出話，真的站到一分鐘過去，老師喊：「好，鞠躬下台。」他胡亂點個頭就「蹦」地跳下台，那神態動作，千真萬確是大元的翻版！

能在台上好好說完一分鐘話的人沒有幾個，曾財富最扯，他怕上台，第一次抽到他，當天早上人就不舒服，肚子痛、冒冷汗，臉色白青青的請假回家。之後的說話課，他都「準時」生病，請假，老師只好特別通融，准他不上台就站在位子上說，總算捱過去，他也恢復健康不再鬧病痛。

失常的一群

跌破大家眼鏡的是丁大元，老師讓他最後一個上台，又先把題目寫在聯絡簿，利用前一晚在家準備。我們合理猜想：稿子必然是丁爸爸丁媽媽寫的，但要上台的是大元，他會怎樣「演出」呢？

「老師、同隨，大家好」，大元兩手按在講桌上，好像全身重量都壓在桌面，點個頭後，他說：「我今天要說的

是……『放學回家後』。」停頓一下又接著：

「我喜歡上隨，回家後沒有同隨，所以我跟電視做同隨。吃飯、寫功課都和同隨一起。」

大元一個字一個字慢慢說，像在背書的聲調很平板，可是聲音宏亮，他眼睛看向左邊，說完這幾句後停下來。他很少說這麼多句子，丁爸爸丁媽媽昨晚一定花了不少精神教他！

「爸爸不喜歡『看電視』這個同隨，他說，這個同隨把我變成近視，我應該找『騎車』『打球』做朋友才好。」

大元改往右邊看，正巧面向我，可是他沒有看著誰，視線越過我們盯在空中。他的聲音很大可是很慢，像隨時要停

頓結束，身體倒是很安靜的站定不動。

「媽媽很怕『騎車』和『打球』，她說這兩個朋友會讓我受傷，我還是留在家裡看書比較好。」

靜靜聽大元說話，我們感到很新鮮，丁爸爸丁媽媽意見不一樣喔。

「書本沒聲音也不會動，我不要這種同隨。爸爸說他想捶我，把我腦袋捶醒，媽媽說我是家裡的菩薩，不能捶，只能唸，唸經給菩薩聽。」

大家都笑了，一邊想像丁媽媽耐心喊大元寫字、吃飯、收文具用品的情景。大元慢條斯理繼續說：

「放學回家後，我和看電視做同隨，媽媽就開始唸經，

那樣，我就變成電視前面的菩薩，爸爸會帶我出去，我又變成騎車的菩薩。」

台上說話的大元完全不像我們平日看到的，陌生又熟悉的奇怪感覺，讓全班都瞪著他看。大元仍然木著臉，定住身，眼睛看空氣。

「放學回家後，爸爸和媽媽都讓我做菩薩，我喜歡同隨，看電視、騎車。謝謝大家，我講完了。」

一板一眼說到這裡，全班給他熱烈鼓掌，大元點個頭，收起兩手，踩著腳下台。歪歪撞撞回座位時，嘴裡不停說著：「我講完了，我講完了，我講完了……」

我們都想不到大元能夠完整清楚的說完這些話，雖然很慢卻不「嗯……」「唔……」的結巴，聲音始終有力，沒有不安慌張，也沒有跳針、卡帶，就算讓我們經過一個晚上的練習，也未必能有他這樣的表現。

這個大元，和過去四年多的印象差異太大了！

「比我們還『反常』！」劉華易的結論受到大家附和：「就是就是。」「真的哩。」

唉，全班一堆人學做大元的分身，在台上荒腔走板，想不到本尊卻是有模有樣、中規中矩，只能說，我們和大元都是失常的一群。

大元，快跑

但是，儘管大元能夠掃地、上台說話，和全班一同行進，期待他參加大隊接力卻是個錯誤！

大元會跑，這一點我們很確定。他從一年級就經常在教室校園到處跑，每次都讓大家追得滿頭汗，辛苦的攔住他帶回教室。

「把大元寫進去。」擬定選手名單時，賴志陶提議。

「給他練習的機會，這樣才會進步。」張華變成老師的信徒了。

「沒問題啦，只要棒子拿好就行。」同學興奮的討論班級接力比賽的名單，意見很一致，倒是負責挑選人「腳」的體育股長許鈞強有點為難。畢竟，關係班級榮譽又只要三十位同學，每班都要派出狀況好的同學下場，除了要個人速度更要團隊默契，何況跑道上也不容許有人陪在大元身邊提醒、安慰，「前後棒的人多注意，給棒接棒順利，我想他應該可以……」

「試試看再說。」許鈞強把名單收起來。

「大元，我們來賽跑。」下課時，賴志陶和張華招呼大元。

邁開腳，跑，大元跟賴志陶一樣，追在張華後面。

「大元，跑步了。」掃地完，全班整隊跑操場一圈，跟在隊伍裡，大元隨著全班的速度跑。

「放心吧，大元會跑的啦。」幾乎所有同學都這麼想，丁大元只是手不會擺動，腳步有時大有時小，跑，沒問題呀。

「練習，多練習，跑多幾次就會進步。」這回換周國惠模仿老師說話。

利用體育課，老師把全班分成兩隊做接力練習，每人跑半圈操場。輪到大元時，曾財富把棒子放進大元手中，

「跑！」曾財富大吼。

大元跳起來，跑了兩步，停下腳，扔了棒子搖手：「跑不要……」

老師和同學急得喊他：「拿起來，大元。」「大元，拿棒子。」「快點拿起來。」

「拿起來不要。」大元甩手，在跑道上杵著，喃喃自語：「棒子拿不要……」

眼看下一棒還在另外那頭等著，大呼小叫拼命招手，曾財富趕忙拾起棒子再跑半圈。

這樣的結果讓大家傻眼，李雅文跟我仔細告訴大元：「要拿著棒子跑。」「跑去另外一邊，知道嗎？」「要跑

喔，不可以停下來。」

大元朝我們輪流看來看去：「嗯……」「嗯……」應著。

再來一次，大元握著棒子跑出去，竟然又向後轉跑回來，慌張的伸出接力棒，看人就給。

「大元，往那邊。」「大元，快跑。」我們好笑好氣的喊，指給他看。

「我要追你了！」郭明禮大聲嚇他，大元果然又轉身跑，卻是慌亂衝撞，離開跑道往旁邊樹蔭、遊樂器材跑，他當作下課時玩官兵捉強盜嗎？

「換人吧，讓大元做候補。」老師告訴許鈞強。名單棒次很快確定，大家各自找時間練習。

贏了！贏了！

正式比賽時，大元咬著手指甲看同學跑，有時走來晃去，有時就坐在操場草皮上。柯士奇掉了棒，蔡若男跟陳子衡交接棒時差點跌跤，施念慈跑太慢被兩個人追過去……這些，大元都面無表情，不會為我們加油，不會揮手跳腳興奮激動，不關心比賽情況也不受吵鬧氣氛影響。他眼睛裡有看到我們嗎？還是只有青草、泥土、白雲？

我握著棒子跑過彎道時，瞥見大元在操場邊踱步，突然覺得他很孤單，跟我們離得很遠。

交出棒子後，我邊踏腳緩氣，邊注意跑道上的狀況，只剩最後幾個棒次，鄭英雄拼命要趕上他前面的人，過彎道後，超前了！

「哇！」「啊！」李雅文跟林月妮帶著怪叫的大元走來集合區。

「大元怎麼了？」同學擁上前關心。

「二班男生打大元。」「他們班被鄭英雄追過去，不服氣就打人。」月妮氣呼呼。

老師還在終點線那邊加油，男生全衝過去等結果，我們

陪著大元不敢離開。跑道邊擠滿人擋住視線，只見賴志陶在彎道上又追過一個人，最後一棒許鈞強衝得快，但競爭很激烈，加油叫嚷聲和鑽動圍觀的人頭，讓我們無從判斷情況。

「大元，喊『加油！』」胡玉真教他。

大元只顧啃指甲，眼睛東瞟西瞟，我拿開他的手：「別咬指甲，會流血。」

「嗯……好。」大元的回答被終點線的歡呼聲蓋下去，曾財富激動的跳起來朝我們揮手。「贏了，贏了！」他是這樣說嗎？

更多人蹦蹦跳跳，馬家修、劉華易、賈維仁、張華、鄧義遠……互相抓著肩膀，拍頭、擊掌，哈哈大笑；高志中、

簡仁偉、柯士奇、秦宜家簇擁著許鈞強；賴志陶興奮到繞在老師身旁，不停朝空中揮拳……

啊，「我們第一嗎？」李雅文不相信。

「不會吧！」王于美瞪大眼。

「走，我們去看。」迫不及待想聽結果，楊小筠牽起大元的手，大家都跑進操場中。

「大元，到老師那邊集合。」我推大元。

「嗯……集合不要。」大元漫不經心的說，完全不在意全班亢奮的情緒。

「喂，我們贏了！」「好險，只贏三班一步！」「不得了，先追過二班，又超前七班，連趕三關……」

男生原本興高采烈，聽到李雅文跟老師說：「二班的男生打大元。」聲音全停下了。

「大元，有沒有怎麼樣？」老師急著問。

「有沒有怎麼樣？」大元重複一句。

「誰打你？」

「誰打你？」

吸一口氣，老師想了想，沒再問他，只要大家集合整隊後帶回教室。

打女生，不是男子漢

陪伴、保護大元，也帶他參加活動，我們習以為常，困擾的是，別班總有人要欺負他，捉弄或訕笑以外還要動手打人，我們都不開心。

老師沒告訴我們，她如何處理這件事，但任何活動她都讓大元參與，很有技巧的改變別班同學看待大元的態度。就像體育課時，老師一定要大元跟著我們一起做操、打球。

賽跑不行，那改打躲避球吧，一大群人在球場上跑啊叫啊，誰還會特別找出丁大元來指指點點呢？而且，我們都歡迎大元在自己這「一國」。

內場的人要會躲避，女生怕挨球，尖叫推擠，反應不及時就乾脆轉身抱頭，不敢看球。大元卻不是，站在場中間不知道要跑要躲避，球呼呼來咻咻去，他跳左腳、跳右腳，哇哇叫，很驚慌。同學故意避開不打他，女生因此都躲在大元身邊，拿他做擋箭牌。

馬家修連續砸幾球都落空，氣得叫吼：「喂，你們是不是男子漢大丈夫啊？」

「不是！」「我們是女生。」葉婷玉和謝淑英理直氣壯

回嘴，許鈞強抓著球正要砸出去，一聽笑軟了手，球偏歪擦過大元屁股，場內場外笑到捧肚子、蹲地拍掌，老師的哨聲被笑氣岔出「鼻——伊」的怪音。

大元傻傻站在場中，老師用手指他，卻笑到說不出話，尚邦平代替老師喊：「大元，到外面來。」

「到外面來不要。」大元拒絕得俐落又大聲，惹來另一波笑浪。哈哈，有大元在，玩躲避球沒那麼恐怖了。

好不容易把大元帶到邊線外場，站在老師旁邊，葉婷玉沒了依靠，很快被球打到，謝淑英撐過幾次驚險場面，也終於「嗚呼」出場。她朝馬家修做鬼臉：「打女生，不是男子漢。」

站在外場要幫忙接球，大元有時會把滾到腳邊的球踢開，或是撿了球「嗯……嗯……」不知所措，最好有同學趕快來接過去，否則他可能隨便將球扔掉。

「給我！給我！」守外場邊線的陳子衡急忙跑過來。對方的隊長劉華易開玩笑，走向大元面前伸手討：「大元，來，球給我。」

大元猛地用倒水的姿勢把球「潑」出去，劉華易嚇一跳，球從斜側飛過，擦背後掉落地。「嗶！」哨音響起，老師手指著他，口令很乾脆：「出場！」

「喔，大哥，你怎麼來這套……」劉華易糗死了，裝模作樣搥胸頓足，哀怨的喊。

「大元，厲害喔。」「水啦，大元。」唯一被大元打到的人居然是班上的重炮攻擊手！全班笑哈哈，給大元鼓掌喝采，劉華易跑出場卻也開心的笑。

呵呵，大元給我們製造的歡樂，「笑」果超級棒哩。

地下室有鬼

真要說「進步」，那麼，因為這些活動的參與，班上每個人都跟大元接觸頻繁而且多樣化，從互動中學到對他完全的接納包容，進步最多的其實是我們。「多練習才會進步」，這句話原來也包含了我們和大元的人際相處。

大元當然也進步了，至少，他信任我們，信任老師，不再像一年級那樣無法溝通，只不過，他表達想法的方式仍舊

獨樹一格。

六年級上學期，學校地下室工程開挖。因為怕危險，主任和老師一再告誡我們：「不可以靠近工地！」也經常在工地巡視，「抓」那些不聽話的調皮學生，其中大元就被抓到好幾次。

有一整個星期，大元天天跟在老師旁邊，反覆說一句話：「地下室有鬼！」「地下室有鬼！」

他跟老師說，也跟我們說，睜大眼睛神情認真的說了又說。

老師安慰他：「沒有，沒有鬼。」他還是那句話：「地下室有鬼！」

同學跟他說：「大元不要亂講，那是騙人的。」他堅定執著的重複：「地下室有鬼！」

老師擔心他真的見到什麼了，問他：「鬼長得什麼樣子？」

「嗯……頭髮長長的。」

「你看見了？」

「沒有，沒看見。」

「那你怎麼知道有鬼？」

「許主任說的，地下室有鬼！」

原來如此，八成是主任要阻止他，不要他到工地去，才這樣嚇唬他。

雖然已經習慣了大元的舉動，可是在吃飯時聽到他說：「地下室有鬼！」或是睡午覺醒來，他趴在身邊說：「地下室有鬼！」時，大家都不禁祈禱：這個「鬼」趕快走開吧。

沒有人知道大元是如何研究「鬼」的。一個下課時間，大元突然從我的視線裡消失了！我確定他沒有走出教室，也沒有爬窗戶出去，但是教室裡就是找不到丁大元的臉孔！

「大元你怎麼了？」聽到李淑珍和張華這樣問，我走過去看，丁大元直挺挺躺在地上，張著眼睛看我們。

「起來，大元，地上髒髒的。」我喊。

「你衣服髒了。」「你躺在那裡做什麼？」「大元，趕快起來。」同學們七嘴八舌，賴志陶要拉他，丁大元使出蠻

勁，連手也不讓人拉。

「什麼事？」老師放下紅筆和作業簿走過來。「咦，丁大元，你生病了嗎？」

「我死掉了。」大元閉著眼睛說。

老師啼笑皆非；「別亂講，你趕快起來。」

「我死掉了。」大元很固執。

「死掉是什麼樣子？」老師只好一本正經的問他。

「我死掉了，不會動了。」大元又閉上眼睛。

想了想，老師再問他：「死人怎麼會說話呢？」

「嗯……嗯……我會說話……」大元睜開眼睛，說得結結巴巴，不知道怎麼接腔：「我……我……我死掉了。」

老師柔聲的告訴他：「沒有。你會說話，你沒死掉。來，起來。」

大元乖乖爬起來，又問老師：「死人不會說話？」

老師點點頭，沒回答。我有點替老師擔心，萬一下回丁大元閉嘴不講話要學死人，老師還會有什麼辦法呢？

大元快下來

大元的行為實在很奇怪，不過老師多半能順利解決，可是學期末時，大元的一次「即興演出」，卻真的把老師嚇壞了。

那次不知道為什麼，大元跨坐在樓上走廊的欄杆上，身體一半在裡面，一半在空中。許多小朋友圍著他嘰嘰喳喳，看熱鬧的人越擠越多。

「陳淑麗是好人。」大元雙手揮舞，嘴裡嚷著。

老師慌慌張張搶上樓。「走開！」她喊得好大聲：「通通走開！」

圍觀的小朋友慢慢退後，大元晃著腳喊：「走開，通通走開！」

老師臉色蒼白的走到大元旁邊：「大元，快下來！」

「下來不要。」丁大元只管騎馬一樣的搖晃，眼睛也不看老師。

我貼著牆壁站，心跳好快，丁大元萬一掉下去會怎麼樣呢？

「陳淑麗是好人。」老師突然學起大元說話。

「陳淑麗是好人。」大元停止搖晃：「陳淑麗是好人。」「陳淑麗是好人。」

「我要摸你的手。」老師又說。

「我要摸你的手，我要摸你的手……」趁著大元喃喃自語，老師趕快握住他的手，在大元掙扎之前又說：「眼睛在哪裡？」

「眼睛在哪裡？」

「告訴我，眼睛在哪裡？」老師打斷大元的話，問他。

「嗯，嗯，在，在這裡。」大元想用手去指，老師趕快抓緊：「眼睛看我！」

「眼睛看我！」大元一邊說，一邊把臉轉向老師。

「陳淑麗是好人。」老師看著他說。

「陳淑麗是好人。」丁大元好像學說話的娃娃。

「你這樣不好看。」老師才說完，大元又突然擺晃起來：「自殺，自殺！」

糟了！

「下來！」一個人影閃過，大元被抱住，拖到走廊上。是邱主任。

「嗚嗚、哇哇……」大元坐在地上不停哭喊、踢打，又回到他一年級的模樣。

尚邦平從樓下撿來大元的一隻鞋子，我們趕快過去哄他，幫他穿鞋，抓著他圍著他，等他安靜了才帶他回教室。

接到通知趕來學校的丁爸爸丁媽媽告訴我們，大元愛看電視，「他看什麼學什麼，完全是模仿！」丁爸爸說。而就在前一天，大元看到了電視連續劇畫面上跳樓自殺的動作……。

老師著實被嚇破膽了，板起臉坦率的說：「大元的確從電視上學了不少句子，比較會說出自己的意思，不過，你們一定要陪著他看，留意他的反應。」

「陳淑麗是好人。」丁大元還在唸著，完全忘了先前的哭鬧，也不理會老師和他爸媽的談話。或許，大元根本就不知道「危險」是什麼？更不會知道家長的煩惱和老師的擔心了。

連我媽都替老師捏一把冷汗：「阿彌陀佛，老天保佑，真的是老天保佑！你們老師最好是聰明一點，把他關在教室，別讓他出去，免得出意外。」

你怎麼在這裡

很不幸，老師不夠聰明，她沒限制大元的行動，連畢業旅行也沒說大元不能報名，於是，三天兩夜的旅行，大元也參加了。

坐遊覽車，大元吐得一塌糊塗，老師跟尚邦平忙著替他擦拭整理。坐雲霄飛車，大元尖叫的分貝跟速度成正比，一路叫到車子衝入終站。陪他的柯士奇糗死了，臉紅到脖子，

跟大元白慘慘的臉恰好相反。

「唉，比我弟弟還吵！」柯士奇吐吐舌頭。

我們分組帶大元去逛，前後簇擁他，又握緊他的手，唯恐他跟丟了。任何時刻，老師看到我們的第一句話是：「大元呢？」確定他的情況後，老師才又問我們：「還好嗎？」「好不好玩？」

第二天早上，男生告訴我們：「老師昨晚去查房時，丁大元全身光溜溜的從浴室走出來。」

「他在做什麼？」我們瞪大了眼。

「他呀，洗了澡不知道要穿什麼衣服，跑出來問我們。」男生邊笑邊說。

「老師看到了？」

「沒有，老師正好走出去。」「喂，光溜溜耶，想不到丁大元也穿得起『國王的新衣』。」鄧義遠很誇張，我們沒好氣的送他衛生丸：「你少噁心了。」

丁大元老是出狀況，我們早已習慣了，所以當賴志陶在我們參觀木柵動物園時跑來報告：「老師，他……他說，放學了，要去門口等他媽媽……」時，老師毫不訝異：「噢，知道了，你去把他帶來，我跟他說。」

賴志陶剛跑走不到一分鐘，柯士奇又慌張的撞過來：「老師，不對呀，他怎麼說我們現在是在學校升旗，還叫我不要講話！」

老師依然很鎮定：「別急嘛，去把他帶過來。」

「喔。」柯士奇才一轉身離開，我們就聽到一個細嫩的聲音：「去把他帶過來……」咦，這不就是「他」嗎？

「丁大元！」「大元？」「你怎麼在這裡？」

大元傻呼呼的對老師笑：「你怎麼在這裡？」

這時賈維仁被帶來了，他正在說：「爸爸帶我去游泳。」「明天我就要去畢業旅行了……」

哎，糟糕，又出現一個「賈大元」！

我要去旅行

「他今天一早就怪怪的，說這裡是他家，還說今天要考試！」跟賈維仁同個房間的賴志陶說。

賈維仁竟然還去抱著石頭：「坐飛機，坐飛機。」

他中邪了嗎？不會吧！

老師憂心忡忡，要丁大元和賈維仁走在一起，由我們前後跟著。

大元把我們送給他的小貼紙貼在耳朵後面，到處問人：「好不好看？耳朵好不好看？」

他也去問老師。老師正要回答，眼光瞄過去，看到賈維仁耳朵後面也貼了兩片貼片，靈光一閃，問賴志陶：「賈維仁會不會暈車？」

「應該不會，上次我們幼童軍去溪頭舍營，他在車上都沒事啊。」賴志陶說。

老師聽完當機立斷，伸手就把賈維仁耳後的貼片撕下來。

賈維仁迷迷糊糊跟我們走完木柵動物園，上車後就昏沉沉的睡了一大覺。等他醒來，神智是恢復正常了，也已經到

晚餐時間，大半天的精采行程他就這樣錯過了。

「你不暈車的人貼那個作什麼？」老師罵賈維仁。

對於自己在木柵的胡言亂語，賈維仁完全不記得。他兩手一攤，自我解嘲的說：「今天動物園多了一隻動物，叫做『假面人』！」

還說哩，要沒有丁大元，我們全都「不好玩」了！

第三天清早，男生慢了半小時才上車。我問秦宜家怎麼回事，他老大不高興的說：「都是丁大元啦。昨天晚上我們已經都把他的東西裝好了，誰知道他今天早上又通通翻出來，還為了找牙刷和襪子，把東西扔得到處是，真的會被他氣死！」

「大元哭啦？」李淑珍問。

「沒啦，他就站在旁邊看我們幫他塞東西。」秦宜家學給我們看：「我要去旅行，我要去旅行。」

「我要去旅行了嗎？」驀地聽到大元那稚嫩的聲音，哇！我們全嚇一跳。

「我們今天就要回家了。」我告訴他，又問：「你想不想回家？」「嗯，一點點。」

「大元，旅行好不好玩？」「嗯……好玩。」

「你有沒有睡飽？」「睡飽了。」

他就像個小弟弟，用細嫩的聲音和有限的字彙回答我們的關心。

車子在回程的高速公路上匆匆疾行，我看著窗外景物飛快後退，目光落在丁大元身上。他睡著了，跟尚邦平肩靠著肩，舒適自得的呼呼熟睡，好像兩兄弟一樣，恬靜安穩互相倚靠。

丁大元是個自閉兒

結束旅行回來，距離畢業只有兩個多月，同學們忙著考資優班、美術班、音樂班，還忙著寫紀念冊、照相。這一忙，我們都忽略了大元，他仍舊喃喃自語，活力充沛的到處走動。我沒注意他說些什麼，李雅文沒注意，尚邦平沒注意，因為太熟悉他的說話習慣，我們全都沒注意他說：「我要去台北了！」

「我要去台北了！」大元告訴我們。

「不對，我們從台北旅行回來了！」大家都這樣對他說。

直到丁大元請假，連續兩週沒來上學，教室少了走動的身影，安靜得令人不習慣，老師才告訴我們：「丁大元準備到台北讀國中，丁爸爸丁媽媽先帶他到台北看醫生……」

他怎麼了？

「大元是個自閉兒，丁爸爸丁媽媽打算讓醫師診斷確認後，替他申請身心障礙手冊……」

自閉？大元是自閉兒！

太意外了，大家鴉雀無聲，教室裡只有老師的說話：

「……畢業後，他將會是我們共同的回憶……」

啊，回憶裡，屬於大元的篇章是那麼多，我們期待再跟他一同上課、睡午覺、掃地，再看他寫那方方大大的字跡，幫他找眼鏡。可是，一直到畢業考，大元都沒再出現。

畢業典禮上，黑鴉鴉的人頭，台上一片花團錦簇，老師、家長們衣著光鮮亮麗，笑容滿面。我們坐在台下，大元從頭到尾不發一語的微笑陪著我們。一會兒他在走廊奔跑，一會兒他在司令台上升旗，一會兒他在黑板上塗鴉；他一忽兒蹲著，一忽兒躺著；笨拙的按照口令左轉、右轉、稍息、立正；我們哄他、牽他、教他玩躲避球……

劈劈啪啪的掌聲嚇跑了眼前的大元！他缺席了，在這個

屬於他和我們的畢業典禮上，大元始終只出現在我們的回憶裡！

驪歌響起，眼淚不聽話的滾落下來，我伸手去擦，卻想起大元說的，掉眼淚是「它自己要跑出來的……」

噢，大元！這個令我們笑，令我們哭，令我們提心吊膽，令我們啼笑皆非，令我們感傷，令我們懷念的人，跑出了我們的眼簾，卻永遠停格在我們的腦海裡。

兒童文學07　PG1062

我們班有個丁大元

作者／林加春
責任編輯／林千惠
圖文排版／張慧雯
封面設計／王嵩賀
出版策劃／秀威少年
製作發行／秀威資訊科技股份有限公司
114 台北市內湖區瑞光路76巷65號1樓
電話：+886-2-2796-3638
傳真：+886-2-2796-1377
服務信箱：service@showwe.com.tw
http://www.showwe.com.tw

郵政劃撥／19563868
戶名：秀威資訊科技股份有限公司
展售門市／國家書店【松江門市】
104 台北市中山區松江路209號1樓
電話：+886-2-2518-0207
傳真：+886-2-2518-0778

網路訂購／秀威網路書店：http://www.bodbooks.com.tw
國家網路書店：http://www.govbooks.com.tw
法律顧問／毛國樑　律師

總經銷／聯寶國際文化事業有限公司
221新北市汐止區康寧街169巷27號8樓
電話：+886-2-2695-4083
傳真：+886-2-2695-4087

出版日期／2013年10月　BOD一版　**定價**／250元
ISBN／978-986-89521-4-0

秀威少年
SHOWWE YOUNG

版權所有・翻印必究　Printed in Taiwan　本書如有缺頁、破損或裝訂錯誤，請寄回更換
Copyright © 2013 by Showwe Information Co., Ltd.All Rights Reserved

國家圖書館出版品預行編目

我們班有個丁大元 / 林加春作. -- 一版. -- 臺北市 : 秀威少年, 2013. 10

面； 公分

BOD版

ISBN 978-986-89521-4-0 (平裝)

859.6 102019557

讀者回函卡

感謝您購買本書，為提升服務品質，請填妥以下資料，將讀者回函卡直接寄回或傳真本公司，收到您的寶貴意見後，我們會收藏記錄及檢討，謝謝！如您需要了解本公司最新出版書目、購書優惠或企劃活動，歡迎您上網查詢或下載相關資料：http:// www.showwe.com.tw

您購買的書名：______________________________

出生日期：________年________月________日

學歷：□高中（含）以下　□大專　□研究所（含）以上

職業：□製造業　□金融業　□資訊業　□軍警　□傳播業　□自由業

□服務業　□公務員　□教職　□學生　□家管　□其它_____

購書地點：□網路書店　□實體書店　□書展　□郵購　□贈閱　□其他

您從何得知本書的消息？

□網路書店　□實體書店　□網路搜尋　□電子報　□書訊　□雜誌

□傳播媒體　□親友推薦　□網站推薦　□部落格　□其他__________

您對本書的評價：（請填代號　1.非常滿意　2.滿意　3.尚可　4.再改進）

封面設計____　版面編排____　內容____　文／譯筆____　價格____

讀完書後您覺得：

□很有收穫　□有收穫　□收穫不多　□沒收穫

對我們的建議：______________________________

____

____

____

請貼
郵票

11466
台北市內湖區瑞光路 76 巷 65 號 1 樓
秀威資訊科技股份有限公司 收
BOD 數位出版事業部

（請沿線對折寄回，謝謝！）

姓　　名：＿＿＿＿＿＿＿＿　年齡：＿＿＿＿　性別：□女　□男

郵遞區號：□□□□□

地　　址：＿＿＿＿＿＿＿＿＿＿＿＿＿＿＿＿＿＿

聯絡電話：(日)＿＿＿＿＿＿＿＿(夜)＿＿＿＿＿＿＿＿

E-mail：＿＿＿＿＿＿＿＿＿＿＿＿＿＿＿＿＿＿